Giraffen fressen den ganzen Tag

Ein Notizbuch mit vielen Giraffen

Kurt Heppke

Bibliografische Information der Deutschen Nationalbibliothek:
Die Deutsche Nationalbibliothek verzeichnet diese Publikation in der Deutschen Nationalbibliografie; detaillierte bibliografische Daten sind im Internet über http://dnb.dnb.de abrufbar.

Herstellung und Verlag: BoD – Books on Demand, Norderstedt

ISBN: 978-3-7562-3194-2

Dieses Buch gehört

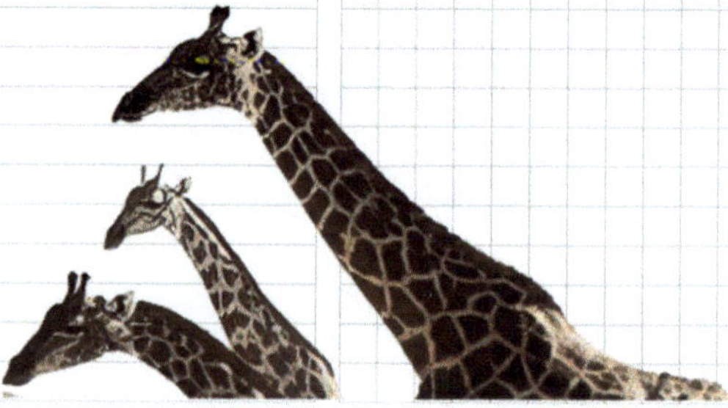

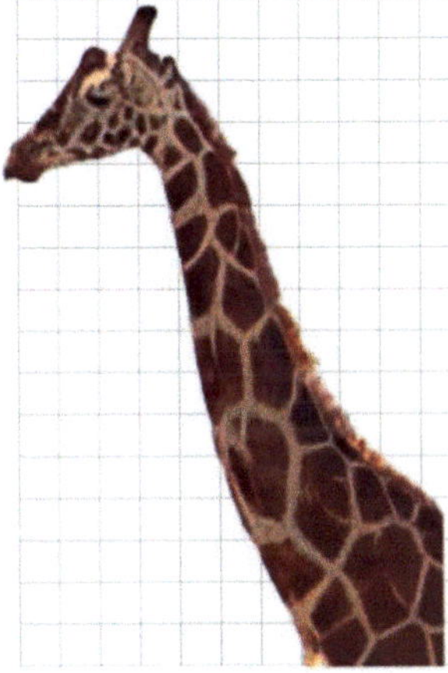

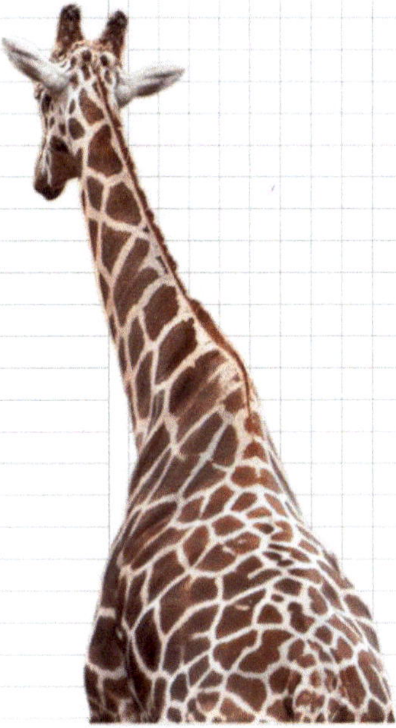

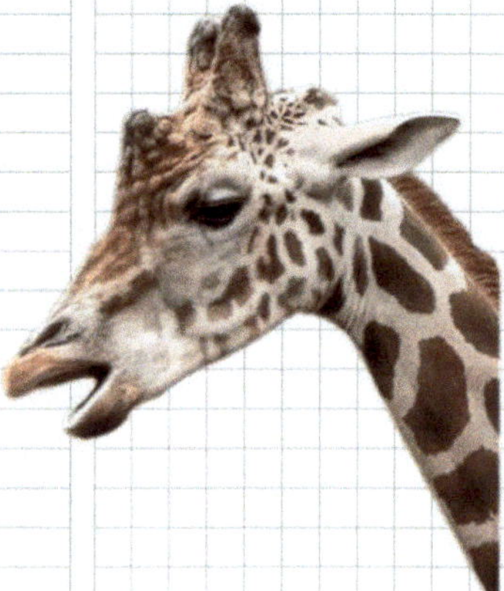

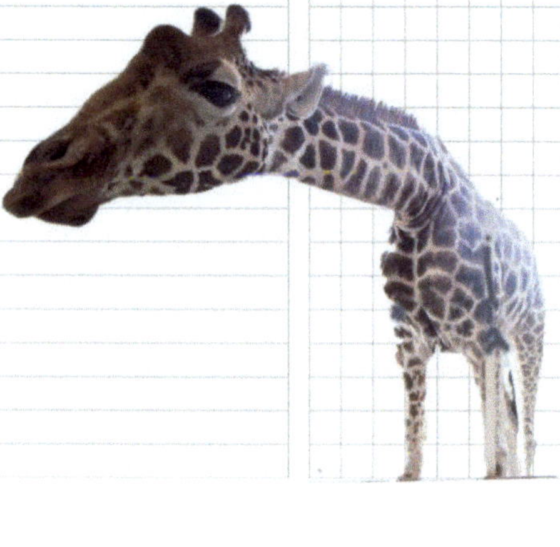

Mehr von mir können Sie hier finden:
https://www.kurtheppke.com/

Mehr von mir können Sie hier finden:
https://www.kurtheppke.com/